VENTE

Du Vendredi 13 Novembre 1896

HOTEL DROUOT, SALLE N° 1

A 2 HEURES 1/4

TABLEAUX

ANCIENS ET MODERNES

OBJETS D'ART

BRONZES, SCULPTURES, PORCELAINES, FAIENCES

MEUBLES ANCIENS ET DE STYLE

TAPISSERIES, TAPIS D'ORIENT

PIANO A QUEUE D'ÉRARD

M' G. DUCHESNE | **M. A. BLOCHE**
COMMISSAIRE-PRISEUR | EXPERT
6, rue de Hanovre, 6 | 28, rue de Châteaudun, 28

EXPOSITION PUBLIQUE

Le Jeudi 12 Novembre 1896

de 2 heures à 6 heures

IMPRIMERIE ARTISTIQUE

E. MÉNARD & C"

Bureaux et Ateliers · PARIS — 8, RUE MILTON

CONDITIONS DE LA VENTE

La vente sera faite *expressément* au comptant.

Les acquéreurs payeront en sus des adjudications *cinq pour cent.*

L'exposition mettant le public à même de se rendre compte de l'état des objets, il ne sera admis aucune réclamation une fois l'adjudication prononcée.

PARIS — IMPRIMERIE E. MÉNARD ET Cie, 8, RUE MILTON.

TABLEAUX
PASTELS, GRAVURES

1 — BAILLY (A.). *Portrait de Charlotte Cor-day.*

2 — BERNARD (A.). *Paysage d'Italie avec personnage.*

3 — BOURGUIGNON (DIT DES BATAILLES). *Combat.*

4 — CHINTREUIL. *Vaches près d'un cours d'eau.*

5 — CONINCK. *Paysage en Hollande.*

6 — CORTÈS. *Vaches dans un paysage.*

7 — COURBET (Att. à). *Les Falaises.*

8 — DEBOULOZ. *Le Repas de l'abbé.*

9 — DELAROCHE. *Vaches et Moutons.*

10 — DELPY (C.). *Paysage avec cours d'eau et personnages.*

11 — DEMARNE. *La Rentrée du troupeau.*

12 — FRAGONARD (Attribué à). *Amour tenant une torche.*

13 — FRANCK. *Scène allégorique.* Cadre Louis XIV bois sculpté et doré.

14 — FROELICK. *Danois.* Gouache.

15 — FYT. *Canard sauvage et Lièvre.* Deux natures mortes.

16 — DE GHENDT (D'après A. Baudouin). *Le Matin; Le Midi; Le Soir; La Nuit.* Quatre gravures.

17 — HOBBÉMA (Genre de). *Vue de Hollande.*

18 — HUET (J. B.). *Chien de chasse, Renard et Canard sauvage.*

19 — KAVEL (Martin). *Nature morte.*

20 — MALBRANCHE. *Paysages ; Effets d'hiver*. Deux pendants.

21 — MAYER (CHARLES). *Scène de famille*. Beau tableau.

22 — MIGNARD· *Portrait de Marion Delorme.*

23 — MOREAU (E.). *Chevaux de selle et Meute de chiens.*

24 — O'CONNELL. *Portrait de jeune fille orientale.*

25 — ODIER. *Rentrée des croisades.*

26 — PASSARY. *Dame arrangeant un vase de fleurs.*

27 — PERRET (A.). *Troupeau au pâturage.*

28 — PEYRON (TH. DU). *Ninon de Lenclos.* Dessin à la plume.

29 — RENOU. *La Diseuse de bonne aventure.*

30 — ROGER. *Portrait de Marie-Antoinette.* Gravure d'après Ronline.

31 — SMITH (J.-R.) (D'après). *La Visite au grand Père.* Gravure coloriée.

32 — TITIEN (Attribué au). *Portrait de che_
valïer*.

33 — VAN LIE. *Portrait de princesse suivie
d'un négrillon*.

34 — VIDAL (G.). *Je m'occupais de vous*. Gravure coloriée.

35 — VILLAMET. *Personnages espagnols dans
un paysage*. Gouache signée et datée 1828.

36 — ÉCOLE FLAMANDE. *La Crucification*.

37 — ÉCOLE FRANÇAISE. *Portrait d'homme
en armure*.

38 — ÉCOLE FRANÇAISE. *Portrait de femme
époque Louis XVI*. Pastel ovale.

39 — ÉCOLE FRANÇAISE. *Portrait de femme*.
Pastel époque Louis XV.

40 — ÉCOLE FRANCAISE. *Grand portrait de
dame habillée en satin blanc et dentelles, époque Louis XV*. Cadre en bois sculpté.

41 — ÉCOLE FRANÇAISE. *Portrait d'homme*.

42 — ÉCOLE FRANÇAISE. *Portrait de jeune femme en costume Normand.* Pastel.

43 — ÉCOLE ITALIENNE. *Portrait de vieillard.*

44 — Divers Dessins d'artistes français, à diviser.

45 — Diverses Gravures anciennes encadrées.

46 — Gravure en couleur encadrée.

47 — Deux Gravures ovales encadrées.

48 — Deux Gravures anglaises Louis XVI.

49 — Suite de quatorze lithographies par Hofele. Caricatures sur la guerre de Crimée.

FAIENCES, PORCELAINES

50 — Tableau composé de douze carreaux en ancienne faïence de Delft, décor violet, paysages avec figures.

51 — Deux statuettes supportant chacune un flambeau en ancienne faïence de Strasbourg.

52 — Groupe en faïence blanche.

53 — Deux jardinières en faïence anglaise décorée.

54 — Porte-huilier en ancienne faïence de Strasbourg.

55 — Déjeuner en ancienne porcelaine de Furstenberg se composant d'un plateau, une cafetière, une théière, un pot à lait, un sucrier et une tasse et sa soucoupe, décor à médaillon, fleurs et guirlandes dorées.

56 — Tasse et soucoupe en porcelaine du Ier Empire, décor fond vert pomme avec vue de ville.

57 — Deux statuettes en ancienne porcelaine de Saxe : le Semeur et Mercure.

58 — Petite statuette en ancienne porcelaine blanche de Saxe sur socle en bronze doré.

59 — Groupe en ancienne porcelaine blanche de Saxe.

60 — Vase forme balustre en ancienne porcelaine du Japon, décor bleu sur blanc.

61 — Pot à lait en ancienne porcelaine tendre de Sèvres, décor fond jaune à fleurs.

62 — Trois bols en ancienne porcelaine du Japon, décor bleu sur blanc.

63 — Deux bols en ancienne porcelaine de l'Inde, décor à personnages.

64 — Deux assiettes en porcelaine de Tournai à bordures contournées, décor polychrome, paysage animé avec armoiries sur le marli.

65 — Tasse et sa soucoupe en ancienne porcelaine de Sèvres, décor avec chiffre L. entouré d'une couronne de roses.

66 — Théière en porcelaine de Sèvres. Époque Louis XVIII.

67 — Mouton en ancienne porcelaine de Saxe.

68 — Théière, pot à lait, tasse et sa soucoupe en porcelaine de Saxe, décor à fleurs et oiseaux en relief.

OBJETS DE VITRINE

69 — Six couteaux manches en ancienne porcelaine tendre de Mennecy.

70 — Statuette en ivoire : Saint-Antoine. xviie siècle.

71 — Quatre manches de couteaux en ancienne porcelaine de Chine.

72 — Six cuillers en cuivre émaillé.

73 — Petit couteau manche en ivoire formé d'une statuette de femme.

74 — Bracelet en argent orné de pierres bleues turquoises.

75 — Montre Louis XVI en or émaillé.

76 — Tabatière en nacre finement sculptée représentant sur le couvercle une scène mythologique, monture argent. Époque Louis XIV.

77 — Belle monnaie en or du xve siècle.

78 — Bague en or ornée d'un camée ancien entouré de roses de Hollande.

79 — Sept miniatures sur vélin des xve et xvie siècle. A diviser.

80 — Joli éventail en nacre feuille avec peinture : Amours. Signé Grolleron.

81 — Baiser de paix en émail vénitien, monture cuivre doré XVIe siècle.

MEUBLES, BRONZES
SCULPTURES

82 — Jolie vitrine de style Louis XV, en bois laqué vieux vert, finement sculptée à rocailles, à la poudre d'or, forme bombée, intérieur gainé de peluche rose, ayant été exécutée par la maison Joveneau.

83 — Deux consoles-supports d'applique en bois de noyer sculpté et ciré, rehaussée d'or. Style Louis XV.

84 — Quatre chaises de style Louis XVI en bois sculpté peintes en blanc et or et recouvertes de soie rose saumon.

85 — Écran style Louis XVI en bois sculpté garni de soie rose saumon.

86 — Cadre de glace en bois sculpté. Époque Louis XV.

87 — Guéridon sur trépied en acajou recouvert d'une tablette en marbre blanc avec galerie de cuivre. Époque Louis XVI.

88 — Petite armoire à un vantail en bois sculpté à arceaux xve siècle, sur console d'applique moderne.

89 — Table de peintre formée d'un coffret en chêne, posé sur une petite table en noyer du temps de Louis XIII.

90 — Bas relief en platre, jeux d'enfants.

91 — Beau groupe en terre cuite : la Confidence de A. Carrier-Belleuse, signé.

92-93 — Deux statuettes en marbre : Napolitain et Napolitaine.

94 — Lustre et deux appliques en bronze.

95 — Grand buffet monumental fermant dans le haut à deux portes garnies de glaces, côtés à étagères demi lune en noyer et bois noir.

96 — Grand lustre en bronze de Baguès.

97 — Paire d'appliques à deux lumières en bronze doré garnies de fleurs en porcelaine de Saxe. Style Louis XV.

98 — Fusil de chasse à deux coups garni d'argent gravé.

99 — Deux appliques style Louis XV, à trois lumières, en bronze doré.

100 — Paire de girandoles en bronze doré et cristaux. Style Louis XIV.

101 — Pendule Louis XVI en bronze ornée de têtes de lions,

102-103 — Deux grandes et belles consoles en bois sculpté et doré à rocailles et coquilles, dessus en marbre blanc, style Louis XV. Travail de Jansen.

104 — Petit coffret en bois sculpté, côtés à colonnettes et ornements. Époque gothique.

105 — Grande glace d'entre-deux avec cadre Louis XIV en bois sculpté et doré.

106 — Deux torchères formées par des vases en ancienne porcelaine de Chine, monture en bronze, à huit lumières.

107 — Deux colonnes en stuc.

108 — Deux torchères formées par des vases en porcelaine de Tournai ou de Saint-Amant, fond bleu turquoise à médaillons, personnages et fleurs, monture bronze à neuf lumières.

109 — Quatre lampes en gros bleu de Sèvres, monture en bronze ciselé et doré. Style Louis XVI.

110 — Quatre lampes en bronze ciselé et doré formées par des groupes d'enfants, allégories aux Saisons.

111 — Suspension de salle à manger en bronze ciselé et doré à trois lampes et vingt bougies, de la maison Gagneau.

112 — Six petits lustres d'applique en bronze doré à six lumières.

113 — Deux bras d'applique à deux lumières en bronze. Ier Empire.

114 — Jolie suspension en bronze doré à trente lumières, époque Louis XVI. Provient du château de Fleury,

115 — Lanterne chinoise avec peintures à personnages.

116 — Brûle-parfums en bronze ancien de Chine, décor style grec, couvercle ajouré surmonté d'une chimère.

117 — Chandelier formé par une chimère sur socle en ancien bronze de Chine.

118 — Deux flambeaux en plaqué Louis XVI.

119 — Encrier en bronze poli forme vase. Époque Louis XVI.

120 — Veilleuse forme lustre en bronze à six lumières.

121 — Pot à tabac en bois des Iles sculpté à personnages et volatiles.

122 — Presse-papier forme plaque de médailles en bronze.

123 — Piano à queue d'Érard.

124 — Très belle stalle en noyer sculpté. Style gothique.

125 — Deux petites consoles d'appliques en bois sculpté et doré Louis XIV.

126 — Glace dans un cadre en bois sculpté et doré Louis XV.

127 — Jolie glace biseautée avec cadre doré, fronton à colombes et torches. Style Louis XVI.

128 — Garniture de cheminée en bronze ciselé et doré et porcelaine bleue à médaillons de fleurs. Style Louis XVI.

129 — Grand plat émaillé représentant des objets de curiosité. Encadré.

130 — Statuette équestre de Louis XIV en bronze, patine brune, sur socle en marbre vert de mer.

131 — Figure allégorique du Vin, en bronze.

132 — Figure allégorique de l'Eau, en bronze.

133 — Groupe en bronze : La Pêche. **Style Louis XVI.**

134 — Statuette de Baigneuse en bronze.

135 — Statuette de petit Patissier en bronze.

136 — Paire d'appliques en bronze doré : trophées d'attributs champêtres avec branches de chêne à deux lumières.

137 — Statuette en broze : la Fileuse, de Rancoulet.

138 — Deux bouts de table style Louis XVI à figures de nymphes portant des bras à deux lumières en bronze doré, sur socles en marbre.

139 — Paire de brûle-parfums Louis XVI en bronze avec anses à cariatides d'enfants sur socles dorés.

140 — Groupe en bronze d'après Marin : L'Éducation de Bacchus.

141 — Buste de Mme de Lamballe, en bronze.

142 — Buste en bronze : Mme Élisabeth.

143 — Figurine en bronze : Céramiste Renaissance.

144 — Deux statuettes en bronze d'après Clodion, Faunes et Bacchantes courant.

145 — Deux chenêts en bronze partie patinée, partie dorée, sirènes sur socles. Style Louis XVI.

TAPISSERIE, TAPIS

146 — Grande tapisserie, verdure avec bordure.

Haut. 3ᵐ ; larg. 3ᵐ20.

147 — Beau tapis d'Orient fond rouge décor à ornements.

Long. 4ᵐ ; Larg. 1ᵐ90.

148 — Objets omis.